Studio 66

Département des Cauchemars

www.lirecestpartir.fr
ISBN 978-2-35024-404-4

Yves Abours

Studio 66
Département des Kauchemars

Illustrations de
Grégoire Vallancien

Lire c'est partir

CHAPITRE 1

M. Roupillon, comme le reste de la famille, n'avait qu'un but dans la vie : se coucher tôt. Car dans la famille Roupillon, le sommeil était sacré. On lui vouait même un véritable culte. Chaque journée était organisée selon un emploi du temps précis pour pouvoir piquer un petit somme. Ainsi, dès que M. Roupillon sortait du travail, il s'empressait de rentrer chez lui pour pouvoir vite se glisser sous sa couette adorée.

— Juste une petite sieste avant d'aller au lit, disait-il en bâillant.

M. Roupillon avait un beau métier : il était croque-mort. Le seul travail qu'il acceptait de faire. Accompagner les gens dans le sommeil éternel, le repos suprême. Ah ! Qu'est-ce qu'il enviait ses clients...

Marguerite Roupillon, sa femme, était anesthésiste.

— Le plus beau métier du monde, disait-elle. Quoi de plus merveilleux que d'endormir les autres ?

Les membres de la famille Roupillon dormaient chacun 18 heures par jour, ce qui ne leur laissait finalement que 6 heures à la verticale. C'est durant ce temps qu'ils s'efforçaient de gagner leur vie. Mais malgré tout, le travail les épuisait. Pourtant, ils ne travaillaient que l'après-midi pour pouvoir faire la grasse matinée et ne commençaient qu'à 15 h, après la sieste. Mais une fois le travail terminé, ils mettaient tout le reste de leur énergie à courir dans leur lit.

Le couple habitait une petite maison de deux pièces. Oh, ce n'est pas qu'ils n'avaient pas les moyens d'en acheter une plus spacieuse, mais dans une maison plus vaste, les distances sont plus grandes et il faut donc se déplacer pour la moindre petite chose. Et évidemment, M. et Mme Roupillon ne se déplaçaient pas. Ils avaient installé leur lit au beau milieu de la pièce et n'avaient qu'à tendre le bras pour attraper tout ce qu'ils voulaient.

— La plus grande erreur de l'homme a été de se redresser il y a 4 millions d'années, aimait dire M. Roupillon. Le monde ne tourne plus rond depuis, car la vie n'est belle qu'allongé.

La seconde pièce de la maison était la chambre de Nico, le fils de M. et Mme Roupillon. Nico était la fierté de la famille. À 10 ans, il dormait déjà 15 heures, mais ses parents espéraient bien qu'il atteigne 18 heures avant ses 12 ans.

Nico passait de belles nuits et faisait des rêves magnifiques. Rien ne pouvait le réveiller ni le perturber durant son sommeil et lorsqu'il dormait avec cette profonde sérénité, ses parents le regardaient avec le sentiment du devoir accompli.

Il n'allait plus à l'école depuis longtemps, la maîtresse ayant déclaré un jour à ses parents :

— De toute façon, il dort en classe. Alors qu'il dorme ici ou chez vous, c'est bien pareil.

Eh oui, car en bon Roupillon, Nico n'attendait qu'une chose durant les heures où il était debout : se coucher pour faire de beaux rêves.

Rien n'était plus merveilleux que les rêves de Nico. Il ne faisait jamais de cauchemars mais la situation ne pouvait pas durer. Et ce qui devait arriver arriva.

CHAPITRE 2

C'est au petit déjeuner de 13 h qu'un beau jour deux chauves-souris entrèrent par la fenêtre et déposèrent une enveloppe sur le plateau-repas de M. Roupillon. Le brave homme, par son métier, était habitué aux choses bizarres. Aussi ne fut-il pas surpris. Il prit l'enveloppe et lut les indications.

RECOMMANDATIONS

Ouvrez cette lettre doucement (il se peut qu'un lézard s'y soit glissé) et lisez-la attentivement.

— C'est un recommandé, dit-il. C'est quelque chose à prendre au sérieux.

— Ne l'ouvre pas, dit sa femme. Je n'ai pas envie qu'un lézard entre dans mon lit.

— Mais enfin qu'est-ce que tu racontes ? lui répondit son mari. Comment veux-tu qu'un lézard entre dans une enveloppe si fine ? Ce n'est pas possible.

Et il déchira l'enveloppe. À peine l'enveloppe fut-elle ouverte qu'une petite tête verte pointa son nez.

— Nom d'un chien ! cria M. Roupillon en lâchant l'enveloppe. Un lézard ! Il y a un lézard dans l'enveloppe !

— Mais ne la lâche pas, triple andouille ! lui répondit sa femme. Il va entrer dans notre lit !

Et le lézard n'y manqua pas. Une fois sorti de sa cachette, il se glissa sous les draps.

— Bon sang de bonsoir ! criait M. Roupillon. Oh la sale bête, oh la sale bête !

— Ah, je l'ai senti ! hurlait Mme Roupillon. Il est là !

— Mais où, là ?

— À mes pieds, à mes pieds !

M. Roupillon se jeta la tête la première sous la couette pour essayer d'attraper l'ignoble reptile.

— Ah, je le sens, il me chatouille ! hurlait-elle de rire.

— Tu crois que c'est le moment de t'amuser ? lui répondit son mari.

— Attrape-le ! hurlait Mme Roupillon, attrape-le vite !

— Sale bête ! criait son mari. Ah ah, te voilà, je te tiens !

— Aïe ! hurla son épouse. Mais non, imbécile, ça c'est mon pied.

— Oups, pardon. Il faudra vraiment changer de couette. Tu as les pieds tellement froids.

— Ah, il est parti, dit Mme Roupillon d'un air soulagé. Ça y est, je ne le sens plus.

Et en effet, le lézard était descendu. Maintenant, il attendait tranquillement au pied du lit. Quand M. Roupillon le vit, il prit un peu de temps pour préparer son saut. Le lézard le regardait.

— Ah ah ! Tu te crois plus intelligent que moi, dit M. Roupillon. Mais tu vas voir ce que tu vas voir.

Et il plongea vers l'animal tel un félin se jetant sur sa proie. Malheureusement, M. Roupillon manquait de technique de chasse. Le lézard partit en courant et le malheureux vint s'aplatir contre le parquet.

— C'est bon ! cria son épouse. Il est sorti par la fenêtre.

Son mari se redressa tant bien que mal.

— Voilà comment on met en fuite un animal sauvage enragé, dit-il fièrement en se tenant la tête.

— Je te l'avais bien dit, de ne pas ouvrir cette enveloppe.

M. Roupillon grommela, ramassa l'enveloppe qui traînait par terre et se recoucha.

— Ah non ! cria sa femme. Si tu dois l'ouvrir, fais-le plus loin. Je n'ai pas envie qu'autre chose entre dans mon lit.

M. Roupillon grimaça et se releva en râlant. Il retourna délicatement l'enveloppe, la secoua doucement, puis une fois qu'il fut bien sûr que rien ne pouvait lui sauter à la figure, il attrapa, du bout des doigts, la feuille qui avait été glissée dans l'enveloppe. Il la déplia et lut :

DÉPARTEMENT DES KAUCHEMARS

À Monsieur et Madame Roupillon

Madame, Monsieur,

Vous avez un fils du nom de Nico Roupillon, âgé de 10 ans.

Nos services ont détecté que votre enfant n'avait réalisé aucun kauchemar depuis sa naissance.

Or, ce comportement est contraire à l'article n°1 du code kauchemardesque qui précise que tout enfant de moins de 11 ans doit avoir déjà fait au moins 100 kauchemars.

Nous vous prions de bien faire respecter la loi à votre fils. Dans le cas contraire, nous serions obligés de confisquer son lit ainsi que le vôtre, ce qui vous obligerait à dormir debout.

Nimonde Berzard

Signé : Nimonde Berzard
Directeur en chef du Département des Kauchemars.

Lorsqu'il eut finit de lire, M. Roupillon devint blanc comme un linge.

— Bon sang, Marguerite, dit-il en lui tendant la lettre. On est foutus.

Marguerite saisit la lettre et lut.

— Je ne comprends rien, dit-elle. Qu'est-ce que c'est que ce Berzard ?

— C'est le Directeur en chef du service des Kauchemars, s'affola M. Roupillon. Directeur en chef ! Tu comprends, Marguerite ? Ça vient d'en haut ! Mais ce n'est pas étonnant avec le gamin que nous avons. Pas un cauchemar depuis sa naissance ! Je savais qu'un jour ça nous attirerait des ennuis. Il ne fait preuve d'aucune bonne volonté. Regarde ! Tu crois qu'il se serait réveillé avec les ennuis que nous avons eus tout à l'heure ? Non. Il dort lui, il ne se fait pas de soucis. Et en plus, il rêve.

— Mais ce n'est pas la peine de se mettre dans des états pareils. Ce n'est pas si grave, tout de même.

— Pas si grave ? Mais enfin Marguerite, c'est l'article N°1 du code kauchemardesque !

— Et alors ? On ne va tout de même pas forcer ce petit à faire des cauchemars juste pour faire plaisir à ce Nimonde Berzard.

— Mais tu ne comprends rien, ma pauvre. Si Nico ne fait pas de cauchemars, ils vont nous confisquer le lit et on sera obligés de dormir debout. C'est ça que tu cherches ?

À ces mots Mme Roupillon devint aussi verte que le lézard. Elle se leva d'un bond et courut dans la chambre de son fils.

— Allez hop ! dit-elle en le secouant comme un prunier. Debout là-dedans ! Fini de rêver, mon petit ! On a du travail !

À partir de cet instant, les parents de Nico mirent un plan diabolique à exécution. Son père acheta tout un carton de films d'horreur, qu'ils obligèrent leur fils à visionner. Ils lui achetèrent des posters d'araignées, de serpents et d'immondes bestioles qu'on n'osait même pas regarder. Ils lui racontèrent des histoires horribles avant qu'il ne s'endorme : des histoires de peur, de crimes sanglants et de revenants qui venaient hanter les petits enfants en leur mordant les pieds.

Mais tout cela ne servait à rien. Nico continuait à faire de beaux rêves, et même s'il commençait à penser à tout ce que ses parents lui avaient montré et raconté, l'araignée redevenait vite une jolie fleur, la sorcière une gentille fée et les fantômes de gentils chatons tout doux.

Évidemment, les parents Roupillon reçurent une seconde lettre du service des Kauchemars :

DERNIER AVERTISSEMENT

Si votre fils Nico Roupillon ne fait pas de kauchemar dans les jours qui viennent, votre lit et celui de votre fils seront confisqués pendant un an.

— Il va falloir passer à la vitesse supérieure, dit M. Roupillon en tremblant.

Alors, ils lui concoctèrent des potions à base de poils de nez de sorcière, de verrues de crapaud, de bave de scolopendre et de briques de maison hantée. Ils se déguisèrent en vampires pour l'effrayer durant son sommeil, firent des incantations pour appeler les démons, des promenades dans les cimetières au clair de lune. Ils firent même venir la voisine qui était la personne la plus effrayante qui soit. Mais rien n'y fit. Nico dormait toujours comme un bébé. Et le pire, c'est que les parents Roupillon commençaient, eux, à faire d'horribles cauchemars. À force de penser aux sales tours qu'ils avaient joués à leur fils, ils n'arrivaient plus à fermer l'œil de la nuit.

— Ça ne peut plus durer Marguerite, déclara un jour M. Roupillon. Ce mioche va nous faire passer des nuits blanches.

— Je suis bien d'accord avec toi, lui répondit son épouse. Mais que pouvons-nous faire ?

— J'ai une idée, dit son mari.

Il tendit le bras pour attraper une feuille et un stylo. Puis il écrivit :

Cher Monsieur Berzard,

Ayant tout essayé pour que mon fils réussisse à faire des cauchemars, je vous prierais de bien vouloir lui expliquer vous-même comment faire, parce que nous, nous n'avons pas envie de dormir debout pendant un an.

Signé : Albert Roupillon

La réponse ne se fit pas attendre.

Monsieur,

Suite à votre courrier j'ai le plaisir de vous annoncer que nous acceptons de montrer à votre fils comment faire de délicieux kauchemars.

Veuillez coucher votre enfant ce soir dans son lit. Laissez la fenêtre ouverte. À minuit, nous viendrons le chercher.

Nimonde Berzard

Signé : Nimonde Berzard

— Et voilà la fin de nos ennuis, dit joyeusement M. Roupillon une fois la lettre lue. Tu vois Marguerite, il ne faut pas se laisser abattre.

CHAPITRE 3

La nuit était tombée depuis plusieurs heures. Dans la maison, deux paires d'yeux fixaient le lit de Nico dans l'obscurité.

— 23h55, râlait M. Roupillon. On aura tout vu. Je ne me suis jamais couché aussi tard.

— Et quelle idée de laisser la fenêtre ouverte, ajouta Mme Roupillon en se frottant les mains. Il fait un froid de canard.

— Ne t'énerve pas Marguerite. Dans 5 minutes le service des Kauchemars va venir chercher Nico et cette histoire sera terminée. Nous serons enfin tranquilles.

Ils attendirent un peu quand le réveil marqua minuit. Soudain, ils sursautèrent en entendant un battement d'ailes dans la chambre de Nico. Un gros corbeau aux yeux rouges vint se poser sur un des rebords du lit du petit garçon. Les parents Roupillon se cachèrent sous leur couette. Puis un autre corbeau entra, puis un autre et encore un autre. Quatre corbeaux étaient entrés par la fenêtre et s'étaient positionnés à chaque coin du lit de Nico.

— Tu vois quelque chose ? chuchota, tremblante, Mme Roupillon à son mari.

— Ce sont des corbeaux, répondit-il.

— Je le sais bien que ce sont des corbeaux mais qu'est-ce qu'ils font ?

À ce moment-là, les corbeaux agrippèrent chaque coin du lit avec leurs pattes, le soulevèrent et l'amenèrent à la fenêtre.

— Qu'est-ce qu'ils font ? s'inquiéta Mme Roupillon.

— Ils veulent faire passer le lit par la fenêtre, dit son mari.

Mais le lit était trop grand et les corbeaux n'arrivaient pas à le faire passer.

— Ils n'y arriveront jamais, dit M. Roupillon. La fenêtre est bien trop petite.

Tout à coup, on entendit un énorme craquement suivi d'un assourdissant bruit d'éboulement. Les corbeaux avaient tapé le lit tellement fort contre le mur qu'il s'était écroulé.

Ils passèrent tranquillement en portant le lit vers les étoiles. Nico ne s'était même pas réveillé.

— Qu'est-ce qui s'est passé ? demanda, affolée, Mme Roupillon à son mari.

— Bon sang Marguerite, dit-il la bouche ouverte. On va avoir des courants d'air.

CHAPITRE 4

Les corbeaux volèrent longtemps dans les nuages gris de la nuit. Ce n'est que vers 4 heures du matin qu'ils arrivèrent devant un immense château sombre posé à flanc de falaise. Avec ses tours pointues et ses hautes murailles, il avait quelque chose de menaçant.

Un pont-levis s'abaissa et les corbeaux s'engouffrèrent dans un long couloir obscur qui menait à une grande salle de pierres grises éclairée par des chandelles suspendues au plafond. Un petit groupe de créatures regardait le lit arriver. Ce n'est que lorsque les corbeaux posèrent le lit sur le sol que Nico se réveilla. Et en ouvrant les yeux, il sursauta. Face à lui se trouvait un groupe de monstres qui l'observaient d'un air intrigué. Parmi eux, il y avait un cyclope à quatre bras et au nez de cochon, un grand mille-pattes avec une grosse tête ovale et deux dents pointues, un gigantesque serpent venimeux, un vampire qui le fixait d'un air menaçant, deux morts-vivants, une araignée énorme et une femme sans tête. Mais la première chose qui se pencha sur lui fut une tête ronde et blanche avec deux orbites vides lui servant d'yeux et un petit triangle noir à la place du nez.

Nico reconnut, au premier coup d'œil, une tête de squelette.

— Salut à toi mon bonhomme, dit la tête d'un air joyeux.

Nico clignait des yeux comme s'il avait la berlue.

— Je m'présente : Nimonde Berzard, Directeur en Chef du Département des Kauchemars.

Il tendit à Nico sa main squelettique que le petit garçon serra par politesse mais du bout des doigts. Il faut dire que Nimonde Berzard avait de quoi surprendre. C'était un homme long, évidemment squelettique et vêtu d'une longue redingote noire qui lui tombait jusqu'aux genoux. Il portait un chapeau haut-deforme élimé et mâchouillait dans sa grande bouche noire un bout de cigare dont l'extrémité était éteinte depuis bien longtemps.

— Oh que je suis content de te voir, toi, dit-il en pinçant les joues de Nico.

Nico était un peu perdu.

— Excusez-moi, demanda-t-il en se massant la joue, mais où suis-je ?

— Au Département des Kauchemars ! s'écria Nimonde les bras en l'air. L'endroit où on s'éclate le plus dans tout l'univers !

Nico crut mal entendre.

— Le Département des ...? demanda-t-il.

— Kauchemars, répondit le squelette. Avec un K comme kourgette.

La faute d'orthographe ne choqua pas Nico. Mais une question lui vint, soudain, à l'esprit.

— C'est quoi un Kauchemar ? demanda-t-il.

Le groupe de monstres sursauta.

— Ça va, ça va. Tout va bien. Je gère, les rassura Nimonde en prenant Nico par l'épaule. Un Kauchemar, lui expliqua-t-il, est la plus belle chose qui puisse t'arriver la nuit. Tout est possible dans un Kauchemar. Même le plus incroyable. C'est une chose magique, merveilleuse.

— Moi, je ne fais que des rêves, répondit Nico.

— Je sais, répondit Nimonde, compatissant. C'est dur. Mais nous allons t'aider.

C'est à ce moment qu'une tornade violette fit irruption dans la salle, virevoltant dans tous les sens et bousculant les monstres sur son passage. Elle s'enroula autour de Nico avant de se transformer, soudain, en une petite fille en robe mauve, brune avec des couettes.

— C'est donc toi, dit la fillette en pointant son index sur le nez de Nico. Toi, le phénomène. Celui qui ne fait pas de Kauchemars !

Nico la regarda les yeux écarquillés.

— Heu... oui. C'est... c'est moi, bégaya-t-il.

— Quel gros nul ! se moqua la petite fille. Alors comme ça, tu ne rêves que de gentilles personnes, de jolis animaux tout doux, de merveilleux moments et de délicieuses sucettes à la fraise ?

— Oui... c'est un peu ça, répondit Nico.

— Beurk ! s'écria la fille. Mais comment peut-on perdre son temps à rêver de bêtises pareilles !

Elle ne tenait pas en place. Elle gigotait dans tous les sens et sautillait de tous les côtés.

— Et toi ? Tu es qui ? demanda Nico qui avait bien du mal à la suivre du regard.

— Renfrogna Roquetti, lui répondit la petite fille en faisant une révérence.

— Tu ne ressembles pas à un monstre, fit remarquer Nico.

— Mais c'est que moi je ne suis pas un

monstre. Moi, je suis une star ! dit-elle en croisant les mains sous son menton.

— Une star ? fit Nico. Comment ça, une star ? Je n'ai jamais entendu parler de toi.

— C'est parce que tu es un gros naze, répondit Renfrogna.

— C'est l'actrice qui fait tous les Kauchemars pour petites filles, lui chuchota Nimonde à l'oreille.

— Une actrice ? Pour quoi faire ? questionna Nico qui ne comprenait plus rien.

— Oh là là là là, fit Renfrogna en se prenant la tête entre les mains.

— Allez viens, dit Nimonde, on va te montrer quelque chose.

Et ils l'empoignèrent joyeusement par les bras.

CHAPITRE 5

Renfrogna et Berzard amenèrent Nico devant une grande porte au-dessus de laquelle un panneau lumineux indiquait :

STUDIO 66

PAS UN BRUIT !!!

MOTUS !!!

MAIS POURQUOI VOUS CRIEZ COMME ÇA ?

— On va où ? demanda Nico. Et pourquoi il ne faut pas parler ?

Renfrogna lui envoya un grand coup de poing sur le crâne. Berzard se retint d'éclater de rire. Nico la regarda, complètement sonné en se tenant la tête.

— Chut ! fit-elle en se mettant le doigt sur la bouche.

Berzard poussa la porte et ils entrèrent dans un immense hangar dans lequel régnait une agitation terrible : des momies poussaient du matériel électronique posé sur des chariots, des monstres à cinq bras transportaient des costumes, des chiens squelettes couraient dans tous les sens pour transporter du courrier et une femme vampire s'énervait en passant des coups de téléphone. Le sol était couvert de câbles électriques et on avait bien du mal à ne pas s'emmêler les pieds.

Au milieu de ce remue-ménage, un petit garçon hurlait poursuivi par un énorme dragon pendant qu'une pieuvre à huit yeux filmait la scène à l'aide d'une grosse caméra posée sur un trépied. Derrière lui, une grosse limace verte observait l'action dans un fauteuil pliant.

— Coupez ! cria la limace. C'est dans la boîte ! On va s'arrêter là pour aujourd'hui ! Virus, mon gars, tu as été formidable, comme d'habitude !

Le petit garçon replaça sa mèche blonde en arrière comme s'il n'avait pas entendu le compliment. Un zombie aux cheveux gluants vint lui mettre une serviette autour du coup et, sans le remercier, Virus alla parler avec la limace pendant que des jeunes filles vampires le suppliaient de leurs signer des autographes.

— Lui, c'est Virus, la star des Kauchemars de petits garçons, dit Nimonde Berzard à Nico.

— Lui aussi c'est une star ? Mais pourquoi y a-t-il tant de stars ici ? questionna le garçon.

— Il n'y a pas TANT de stars ! répondit Renfrogna vexée. Il y en a deux. Virus et moi.

— Et ça sert à quoi d'avoir DEUX stars ?

demanda Nico en prenant une voix stupide.

Nimonde s'interposa avant que la petite fille ne lui envoie sa main à travers la figure.

— Nous filmons tous les Kauchemars ici, expliqua Nimonde en l'emmenant plus loin. Et ensuite, nous les envoyons dans la tête des enfants. Vois-tu, lorsqu'une petite fille fait un Kauchemar, elle s'imagine elle-même dans son propre Kauchemar. C'est là que Renfrogna entre en jeu. C'est l'actrice qui va nous servir à jouer la petite fille dans son Kauchemar. Pareil pour les petits garçons : lorsqu'un petit garçon rêve qu'il est poursuivi par un loup-garou à deux têtes, nous avons besoin de filmer cette scène avec un vrai petit garçon et un vrai loup-garou à deux têtes. Voilà le rôle de Virus et Renfrogna. Ce sont les acteurs des Kauchemars. Comme au cinéma.

Nico clignait des yeux.

— Alors ici, c'est comme un immense studio de cinéma, c'est ça ? demanda-t-il pas sûr d'avoir tout compris. Et tous ces monstres qui sont là, ce sont des acteurs ?

— Exactement, répondit Berzard,

— Et ils filment des cauchemars pour petits garçons et des cauchemars pour petites filles.

— Tout à fait, continua Berzard, content que Nico ait compris.

— Alors bravo ! Ils sont très bien maquillés !

— Maquillés ? Comment ça maquillés ?

— Et bien oui. Ce monstre-là est tout à fait réussi. On dirait un vrai.

— Mais heu... c'est un vrai, bafouilla Berzard. Tous les acteurs sont de vrais monstres.

— Mais non, fit Nico en gloussant. Les monstres, ça n'existe pas.

— Mais… si … ça existe. J'en suis un moi, dit Nimonde qui se sentait perdu.

— Mais non. Vous vous n'êtes pas un monstre, vous êtes un …

— Rhaaaa !!! cria Renfrogna. Cette fois-ci c'en est trop !

Elle sauta à la gorge de Nico qui tomba à la renverse.

— Il est bête ! Il est bête ! Il est bête ! Il ne

comprend rien ! criait-elle en lui tordant le cou.

— Eh ! Oh ! Un peu moins de bruit ! cria-t-on au fond. Avec Virus, on ne s'entend plus parler !

C'était la limace.

— Tiens, Bleurk, dit Nimonde tout content. Alors mon vieux ! Ça glisse ? J'ai vu la scène que tu as inventée ! Terrible ! C'est du grand art mon pote ! Oh mais j'y pense, il faut que je te présente quelqu'un.

Il attrapa Nico par le col et le traina jusqu'à Virus et la limace.

— Regarde-moi ça, dit-il en posant Nico devant eux. Bleurk, tu te rends compte que ce mec n'a jamais fait un Kauchemar de sa vie ! Oh oh ! Il ne te connait même pas ! Nico, je te présente Bleurk, le réalisateur des Kauchemars.

— Vous vous appelez Bleurk ? fit Nico en reprenant ses esprits. Enchanté, moi c'est Nico.

Et il tendit sa main à la limace qui la regarda en fronçant les yeux.

— Les limaces n'ont pas de main, lui chuchota Nimonde à l'oreille.

— Ah oui, c'est vrai, réalisa Nico.

Alors, il tourna sa main vers Virus. Malgré son regard froid et son air antipathique, Virus était un petit garçon très beau. Il avait des traits fins et des yeux bleus tellement clairs qu'ils paraissaient gris. Ses cheveux blonds tombaient sur son front et, malgré son jeune âge, il était plutôt grand.

La star regarda la main tendue par Nico.

— Pfff..., souffla-t-il d'un air de mépris.

Puis il tourna les talons et s'éloigna. Nimonde regarda Nico en haussant les épaules.

— Je vais lui demander un autographe, dit le petit garçon en s'élançant pour le rattraper.

Mais les enfants qui restent toujours couchés ont un gros problème : ils oublient vite comment se servir de leurs jambes et lorsque le sol est recouvert de fils électriques cela n'arrange évidemment rien. Les trois premières enjambées de Nico furent belles mais au quatrième pas, son pied vint s'emmêler dans un câble. Il trébucha, s'envola, fit un vol plané et vint atterrir contre le ventre du dragon qui se reposait de sa scène. Le dragon, surpris, sursauta et cracha une énorme flamme orange juste au moment où Virus passait devant lui. Le studio sursauta. Virus était grillé. Noir comme un morceau de charbon et ses beaux cheveux blonds étaient hérissés sur sa tête comme de la paille roussie. La star s'effondra sur le dos, les bras en croix.

Tout le monde se tourna vers Nico.

— Oups, fit-il.

CHAPITRE 6

Ce n'était pas courant, mais Nimonde Berzard était sous pression. En tant que directeur du Service des Kauchemars, c'était à lui de trouver un remplaçant pour Virus. La star était cuite et il fallait à tout prix que les petits garçons continuent de faire des Kauchemars. Ce n'était pas la première fois que ce genre de situation se produisait : il y a 50 ans, Florette Labouze, star des Kauchemars de petites filles, s'était retrouvée aplatie par un géant distrait. 30 ans auparavant, c'est Stan Chouffar qui avait été avalé par une cuvette de toilettes mécontente de son salaire.

— C'est le problème avec les stars de Kauchemars, pensa-t-il. Ce sont des humains et, comme tous les humains, ils peuvent se blesser et même mourir. On n'a pas ce problème avec les monstres.

Depuis le début de sa longue carrière, et elle

était vraiment longue, il avait toujours trouvé des remplaçants. Mais aujourd'hui, il avait beau chercher, il ne trouvait pas d'autre solution. Le seul petit garçon disponible était Nico.

— Ooouuaaiiiis ! cria le petit garçon quand on lui apprit la nouvelle. Je vais être une star ! Je vais être une star ! répétait-il en bondissant.

Renfrogna et Nimonde le regardaient, l'air absent.

— Bien, fit Nimonde en reprenant ses esprits. Si tu veux être une star, il faut te mettre au travail. Comment cries-tu quand tu as peur?

— Heu... Je ne sais pas. Je n'ai jamais peur.

— Comment ça tu n'as jamais peur ?

— Ben... non. Ça ne me dit rien.

— Mais c'est embêtant ça. Tu n'as jamais eu peur de ta vie ?

— Heu... Je ne crois pas.

— Même pas un petit claquement de dents ?

— Non.

— Un petit frisson, quand même ?

— Ah oui. Un frisson oui. Quand j'ai froid.

Nimonde se prit la tête dans les mains.

— Bon tant pis. C'est pas grave. Aristor ! appela-t-il.

Un petit homme à tête de rat apparut.

— Aristor est notre professeur de théâtre. Il entraîne les acteurs. Il va t'apprendre à avoir peur.

— Fais "Aaaaaahhhh" de toutes tes forces, dit le rat à Nico.

— Aaaaaaaahhhhhh !

— Non, pas comme ça. Là, on dirait que tu es chez le docteur.

— Aaaaahhhhhhh !

— Là, on dirait que tu bâilles. Plus fort.

— Aaaaahhhhhhh !

— Que c'est mauvais... Imagine que Renfrogna veut t'étrangler.

— Aaaaaaaaaahhhhhhhhhhhhhhh !!! hurla Nico.

— Parfait. Il est prêt, affirma Aristor.

— Bien, dit Nimonde.

Ils prirent la direction du studio 66. Lorsqu'ils y entrèrent, la limace était déjà sur place.

— Salut Bleurk, dit Nimonde. Qu'est-ce que tu filmes aujourd'hui ?

— Un petit garçon qui tombe dans le vide, répondit-il.

— C'est un classique. Voilà Nico. C'est lui qui remplace Virus.

— C'est ce que j'ai entendu dire, dit Bleurk en grimaçant.

— Ce n'est pas très compliqué, dit Nimonde à Nico. Tu devrais pouvoir t'en sortir.

Sans plus attendre, on lui enfila, autour de la tête, un bandeau sur lequel était accrochée une petite caméra embarquée.

— Avec cette caméra, on filmera bien la chute, expliqua Bleurk. C'est un Kauchemar où le petit garçon doit s'imaginer tomber. Grimpe là-haut, lui dit-il en lui désignant l'échelle, et attends mon signal pour sauter.

— Très bien, très bien, répondit Nico. Mais avant, je dois faire une petite sieste.

Les autres se penchèrent vers lui comme s'ils avaient mal entendu.

— Comment ? fit Nimonde.

— Eh bien oui. Ça fait deux heures que je n'ai pas fermé l'œil. Ce n'est pas bon pour la santé. Je vais juste m'allonger un petit peu et ensuite ...

Le bruit fut fracassant. Le pied de Renfrogna vint se loger directement dans les fesses de Nico et elle frappa si fort que le petit garçon se retrouva projeté au sixième barreau de l'échelle.

— Ouille, ouille, ouille, geignait le pauvre Nico en se tenant le postérieur.

— Grimpe là-haut, rugit-elle. Et si je t'entends dire que tu dois dormir, je te jure que je frapperai tellement fort que tu ne pourras plus jamais t'asseoir.

— D'accord, d'accord ! gémit Nico en montant les barreaux de l'échelle à toute vitesse.

Nimonde et Bleurk pouffèrent tandis que les yeux de Renfrogna lançaient des éclairs.

Nico arriva au sommet de l'échelle. Il y avait une sorte de plongeoir qui donnait sur le vide. Il était si haut que même Bleurk semblait n'être qu'un minuscule point vert.

— Tout va bien là-haut ? lui demanda la limace avec un mégaphone.

— Oui... oui, répondit Nico en avalant sa salive.

— Super ! lui dit Bleurk. Alors écoute-moi bien. Lorsque tu entendras « Action ! », tu te jetteras dans le vide la tête la première en ayant bien peur. N'oublie pas de crier très fort.

— C'est ça, c'est ça, marmonna Nico. Ils croient vraiment que je vais m'épuiser à travailler. Ils ne connaissent pas Nico Roupillon. J'ai dit que j'allais faire une sieste et personne ne m'en empêchera. Non mais.

Il s'allongea le dos contre la planche, mit ses mains sur son ventre et s'endormit.

— Mais qu'est-ce qu'il fait ? questionna Bleurk.

— Ben... je crois qu'il dort, répondit Nimonde.

— Quoi ? Maintenant ? En plein tournage ?

— J'en ai bien l'impression.

— Oh, le cochon ! s'énerva Renfrogna.

Elle saisit un fusil qui traînait là, le chargea avec une énorme fléchette et visa le plongeoir. Lorsqu'elle appuya sur la gâchette, la fléchette vint se planter dans la planche. La pointe traversa le bois et piqua les fesses encore meurtries du dormeur impertinent.

Nico couina comme un marcassin, fit un bond extraordinaire, rebondit sur le plongeoir, s'envola, fit un triple salto arrière puis tomba la tête la première dans le vide.

— Ce Kauchemar va être un chef d'œuvre, se réjouit Bleurk.

J'espère que la caméra qui est sur son front tient le coup.

Nico tombait à une vitesse vertigineuse. Il secouait les bras dans tous les sens comme pour ralentir sa chute. Il hurlait. Pas pour suivre les conseils d'Aristor, non. Il hurlait car il voyait le sol se rapprocher de plus en plus. Il était à 50 mètres en l'air et rien ne le retenait. À ce moment-là, le sol lui semblait de plus en plus dur. 40 mètres. Nimonde sautillait de satisfaction.

— Génial ! C'est génial ! répétait-il.

30 mètres.

— J'espère qu'il ne sera pas trop amoché, dit Bleurk perplexe.

20 mètres. Renfrogna prenait des photos avec son téléphone.

10 mètres.

Alors Nico écarquilla les yeux. Il battit des bras encore plus vite mais il n'y avait rien à faire. Il allait s'écrabouiller sur le sol.

Plus que 6 mètres, 5 mètres, 4... 3... 2... 1...

Tout à coup, le sol s'écarta et Nico atterrit

dans un gigantesque coussin en plumes.

Les autres se précipitèrent vers lui. Nico était complètement affalé sur le coussin.

— La caméra ! Vite, la caméra ! dirent-ils en essayant de lui enlever le bandeau qu'il avait sur le front.

— Laissez-moi ! Laissez-moi ! criait Nico en s'agrippant à son coussin. Laissez-moi ! Ça y est ! Enfin, je suis au paradis !

Nimonde récupéra la caméra, enleva la carte mémoire et l'introduisit dans un ordinateur à écran géant. Bleurk et Renfrogna le suivirent.

— Ooohhh ! firent-ils en chœur quand les images apparurent.

La chute était parfaite, terriblement effrayante. Nico n'avait jamais quitté le sol des yeux et il avait hurlé exactement comme il fallait. Ils en étaient émerveillés.

— Extraordinaire, dit Bleurk sans détourner le regard de l'écran.

— C'est la meilleure chute jamais filmée, ajouta Nimonde. Une vraie merveille.

Renfrogna ne disait rien mais elle non plus n'en revenait pas.

De son oreiller, Nico n'arrivait pas à dormir. Les commentaires de ses acolytes l'en empêchaient.

— Dites ! dit-il. Vous pourriez parler un peu moins fort s'il vous plaît ?

Mais les trois compagnons continuaient à discuter sans l'entendre.

— Eh ! Oh ! cria-t-il. Moins fort ! Je ne peux pas dormir, moi !

Les trois comparses n'entendaient toujours rien.

— Mais c'est pas vrai, grogna Nico. Non seulement ces trois idiots vont me faire louper ma sieste, mais en plus ils vont m'obliger à me lever.

Alors, dans un effort surhumain, il se redressa sur ses bras et se mit debout.

— Alors, dit-il en s'approchant, vous êtes sourds ou quoi ?

Nimonde l'attrapa par le cou.

— Mon petit ! Mon petit ! répéta-t-il. Quel talent ! Quel génie !

— Je n'ai jamais vu un kauchemar aussi réussi, dit Bleurk en se collant à Nico. C'est sublime ! Sublime et extraordinaire !

— Ah, vous trouvez ? demanda Nico qui grimaçait en essayant de se dépêtrer désespérément de la bave de Bleurk.

— Sans aucun doute ! répondit la limace. Ne perdons pas de temps. Ce kauchemar doit être envoyé immédiatement.

Ils saisirent Nico et l'amenèrent jusqu'à la SALLE DES ENVOIS.

tous les côtés, certaines attaquent les flammes,

CHAPITRE 7

La SALLE DES ENVOIS était immense. Très haute de plafond et si profonde qu'on n'en voyait plus le fond. Mais ce qui frappa Nico quand ils y pénétrèrent fut le vacarme et l'insupportable chaleur qui régnaient à l'intérieur. Et pour cause : tout le mur gauche de la salle était percé d'énormes fourneaux qui crachaient de grosses flammes orange. Dans le mur d'en face, des tunnels avaient été creusés, desquels arrivaient des chariots remplis de cartes mémoire. Chaque chariot portait une pancarte : POURSUITE PAR UN DRAGON, ÉPOUVANTAIL DANS LE PLACARD, MONSTRE SOUS LE LIT, MAÎTRESSE VAMPIRE... Chaque cauchemar était rangé dans un chariot spécial. Des centaines de petites sorcières s'agitaient de tous les côtés. Certaines attisaient les flammes, d'autres remplissaient des pelles de cartes mémoire qu'elles jetaient, ensuite, dans le feu.

— Qu'est-ce qu'elles font ? demanda Nico.

— Elles brûlent les Kauchemars que nous avons tournés, répondit Nimonde.

— Hein ? Mais pourquoi elles font ça ? Elles sont folles ! s'insurgea le petit garçon.

— Mais non, expliqua Nimonde. Elles brûlent les cartes mémoire pour les transformer en poussière de Kauchemar. Alors, la poussière s'envole puis passe par une cheminée dans le fourneau qui l'amène jusqu'au toit. Une fois à l'air libre, elle est envoyée dans le monde entier.

— Comment, envoyée dans le monde entier ? Par des facteurs ?

— Non, par des souffleurs ! répondit Nimonde. Les souffleurs sont des petits hommes bleus en forme de poire qui peuvent gonfler leur ventre comme des ballons. Quand ils sont bien pleins d'air, ils le soufflent avec leur nez en forme de trompette et ils envoient la poussière de Kauchemar dans tous les pays du monde.

— Dans tous les pays du monde ?

— Oui. Ils ont un souffle puissant.

— Et après ? qu'est-ce qu'elle devient la poussière de Kauchemar ?

— Un enfant la respire durant la nuit et hop ! Il fait un délicieux Kauchemar qui lui fera passer une belle et douce nuit, dit Nimonde avec des étoiles dans les yeux.

— Mais je croyais qu'il y avait des Kauchemars de filles et des kauchemars de garçons.

— Tout à fait. Un petit garçon ne peut pas respirer une poussière de Kauchemar pour petite fille. Il y est allergique. Si ça arrive, il toussera, il éternuera, il crachera jusqu'à ce que le Kauchemar ressorte. Pareil pour une petite fille qui respire un Kauchemar de petit garçon.

Ils regardèrent les sorcières travailler puis Nimonde s'adressa à Nico :

— Bien. J'aimerais que nous parlions affaires. Virus est foutu et toi, tu as du talent, mon gars. Ça te dirait de le remplacer le temps qu'il se rétablisse ? Vu comme tu es doué, tu seras une star d'ici peu.

Les yeux de Nico s'éclairèrent.

— Oh oui ! Oh oui ! s'exclama-t-il. Je veux devenir une star ! Je veux devenir une star !

— Tu es sûr que ça va marcher ? chuchota Renfrogna à l'oreille de Nimonde. Parce que c'est vraiment un idiot et ...

— C'est un idiot qui va nous faire des Kauchemars du tonnerre, coupa Nimonde.

Il se tourna vers Nico.

— Bien, dit-il. L'affaire est conclue.

Il lui tendit sa longue main squelettique que Nico s'empressa de serrer.

À partir de ce moment-là, Nico ne s'arrêta plus de tourner des Kauchemars. Du matin au soir, il était au studio 66 à suivre les instructions de Bleurk et il prenait de plus en plus de plaisir à être poursuivi par un épouvantail, à se retrouver nez à nez avec une araignée velue, à voir passer des fantômes par sa fenêtre et à trouver un serpent dans sa soupe. On le félicitait et dès qu'il sortait du studio 66, il se retrouvait entouré de jolies jeunes monstres qui lui demandaient des autographes.

Bien sûr, il se fatiguait vite et avait besoin de dormir beaucoup mais son sommeil lui prenait de moins en moins de temps, tant il était excité de retourner sur le plateau de tournage. Il ne pensait presque plus à faire des siestes et, au bout de trois jours au Département des Kauchemars, il finit par dormir autant que n'importe quel autre enfant de son âge.

CHAPITRE 8

— Je vais le tuer ! Je vais le tuer ! répétait Virus en mordant le drap de son lit.

— Allons Patron, calmez-vous, tentait de le réconforter un zombie aux cheveux gluants et à la carrure de Hulk. Depuis que vous êtes allongé dans ce lit, vous avez rongé douze paires de draps. Il faut vous détendre.

— Mais comment veux-tu que je me détende ! Triple idiot ! Ça fait trois jours que je suis ici à ne pas pouvoir bouger. Je suis noir comme un croûton de pain grillé et j'ai beau frotter, ça ne part pas.

— Vous êtes quand même beaucoup moins noir qu'avant, Patron. Vous allez retrouver votre état normal mais il faut du temps.

— Pendant que je suis là, l'autre abruti est en train de prendre ma place. Il paraît qu'il a plus de succès que moi. Tu te rends compte, Bof ? Moi, Virus Vérolas, je suis en train de me faire doubler par un pauvre crétin qui ne sait même pas ce qu'est un Kauchemar.

Le zombie aux cheveux gluants s'appelait Bof.

— Vous allez guérir Patron, dit Bof, et quand vous serez sur pied, vous reprendrez votre place de star.

— Non, non, non. Je ne peux pas attendre. Il faut s'en débarrasser tout de suite. Bof, j'ai mon idée : on va l'envoyer dans le Monde des Kauchemars Interdits.

Bof sursauta.

— Le Monde des Kauchemars Interdits ? glapit-il. Mais enfin, vous ne pouvez pas lui faire ça. C'est trop cruel !

Le Monde des Kauchemars Interdits était, en effet, un endroit terrible. C'est là que les créatures les plus effrayantes étaient enfermées sur ordre du directeur du Département des Kauchemars. Elles étaient si horribles qu'elles avaient été interdites de tournage pour ne pas traumatiser les enfants. Depuis des siècles et des siècles, elles croupissaient dans le sous-sol du studio 66. L'accès y était strictement interdit car tous ceux qui avaient eu la mauvaise idée de passer la porte n'étaient jamais revenus. Ces créatures ne pensaient qu'à une chose : se venger de ceux qui avaient la chance de jouer dans de beaux Kauchemars.

— Ahahahaha ! s'esclaffa monstrueusement Virus. Je suis un génie ! Dès demain, nous emmènerons cet imbécile à la porte du Monde des Kauchemars Interdits et nous l'enfermerons ! La porte ne peut pas s'ouvrir de l'intérieur pour empêcher les créatures de sortir. Il sera coincé là-dedans à tout jamais ! Ahahah ! Personne n'ira le chercher dans le Monde des Kauchemars Interdits !

— Mais enfin Patron, dit Bof, ce n'est pas raisonnable. Vous pouvez à peine marcher. Laissez-moi m'en occuper.

— Tais-toi ! aboya Virus. Je me sens en pleine santé. J'utiliserai mes dernières forces s'il le faut mais je me débarrasserai de ce minable.

Les yeux de Virus brillaient d'une étincelle maléfique. Ses pupilles bleues rougissaient de haine.

— Il n'en réchappera pas, murmura-t-il d'une voix venue des ténèbres. Le croque-mitaine s'occupera de lui.

CHAPITRE 9

Le lendemain, lorsque Nico sortit de sa loge pour rejoindre de studio 66, il fut abordé par deux admiratrices à la voix mielleuse.

— Bonjour Nico, dit l'une d'elle en découvrant ses grandes dents jaunes. Tu peux nous signer un autographe ?

La première fille était une zombie. Elle était grande, très costaud et avait des cheveux blonds et bouclés. Elle s'était maquillée avec un rouge à lèvres très rouge, très mal étalé et du bleu autour des yeux appliqué différemment d'un œil à l'autre. Avec sa mâchoire carrée, elle ressemblait à un portrait de Picasso. Elle portait une robe bleue qui laissait voir deux jambes poilues et ses bras étaient aussi musclés que ceux d'un déménageur.

L'autre fille était beaucoup plus petite. Elle portait une jolie robe rose, de fines ballerines blanches et avait de longues nattes blondes qui lui tombaient jusqu'aux épaules. Son visage était très fin. Elle aurait pu être très jolie si sa peau n'avait pas eu la couleur d'un vieux steak haché brûlé. Ses yeux lançaient des éclairs et ses poings s'étaient crispés dès qu'elle avait vu Nico.

Nico regarda les deux filles. Il avait la nette impression de les avoir déjà rencontrées quelque part. Surtout la plus petite. Évidemment, n'importe quel imbécile aurait reconnu Bof et Virus. Mais pas Nico.

— Donnez-moi ça, dit-il en prenant le carnet que Bof tenait dans les mains. Comment vous appelez-vous ?

— Heu… moi c'est… Bofita, dit Bof. Et elle, Virula.

— Je vous ai déjà rencontrées, non ? demanda Nico.

— Oh, c'est bien possible. Nous traînons souvent dans le studio 66. Nous étions des fans de Virus avant qu'il n'ait son terrible accident.

Nico éclata de rire.

— Ah ah ah ! s'esclaffa-t-il. Ce bon vieux Virus. Comment pouvait-il avoir autant de fans ? Non, soyons sérieux. Virus n'avait aucun talent. Ses Kauchemars ne valaient pas un clou. Je vous assure, depuis que je suis là, les choses vont beaucoup mieux.

Sous son déguisement, Virus bouillait.

— Franchement, poursuivit Nico, Virus n'était qu'un bon à rien. Je vous plains, vous qui l'avez admiré durant toutes ces années. Mais ne vous en faites pas, je suis là maintenant. La nouvelle star, c'est moi.

La fumée commençait à sortir des oreilles de Virus. Il tremblait comme une cocotte minute sous pression.

— Et maintenant qu'il ressemble à un poisson pané trop frit, je ne vois pas comment il pourrait revenir sur le devant de la scène. Ah ah ah !

À ce moment, Virus sauta à la gorge de Nico pour l'étrangler. Nico était terrorisé :

— Au secours ! Au secours ! hurlait-il.

— Lâchez-le, lâchez-le Patron, criait Bof en essayant de maîtriser Virus.

Mais Virus n'entendait rien et continuait de tordre le cou du malheureux Nico.

— Je vous en supplie Patron, continuait de crier Bof, lâchez-le, vous allez tout gâcher.

À ces mots, Virus réalisa qu'il allait se faire repérer. Alors, il prit Nico dans ses bras.

— Ahhh Nico ! Ahhh Nico ! répétait-il.

Nico reprenait son souffle et ne comprenait plus rien.

— Nico je t'aime, Nico je t'adore ! criait Virus.

— Mais elle est malade, celle-ci ! dit Nico à Bof.

— Mais non, mais non, intervint Bof, elle t'admire, c'est tout. Tu sais, l'accident de Virus lui a vraiment mis un coup et depuis, elle a des mouvements d'humeur. Mais c'est ta plus grande fan.

Virus serra plus fort Nico qui se sentit étouffer.

— Verola, je pense que tu peux le lâcher maintenant.

Virus relâcha Nico.

— Désolé, grogna-t-il.

— Ce n'est rien, dit Nico. On m'étrangle souvent en ce moment. C'est ça, la vie de star. Les fans sont hystériques. Bon, ben je dois y aller, moi. À la prochaine.

Virus et Bof se regardèrent.

— Attends ! cria Bof en le rattrapant. Tu ne peux pas aller au studio dans cet état.

Nico s'arrêta et le regarda.

— Ah bon ? Et pourquoi ça ? demanda-t-il en posant les poings sur ses hanches.

— Mais parce que tu as l'air crevé, mon vieux. Tu es blanc comme un drap de fantôme et maigre comme la momie de Ramsès II. Tu as des cernes et le visage creux. Tu commences même à avoir une ride.

— Une ride ? s'affola Nico. Ah non ! Pas une ride ! J'ai dormi toute ma vie pour ne pas avoir de rides.

— C'est pourtant le cas, dit Bof. Tu dors combien d'heures par nuit ?

— Heu... 11 heures, répondit Nico.

— Ce n'est pas assez.

— Tu as raison, ce n'est pas assez, fit Nico. Mais oui, mais oui. Je me sens faible, épuisé même, tout à coup.

— Tu devrais faire une sieste. Tu as besoin de récupérer, dit Bof.

— C'est vrai, dit Nico en s'affalant par terre. Je suis à bout de forces. Ahhh, quelle vie, gémit-il. Nous, les artistes, nous sommes sans arrêt obligés de donner de notre personne. Et voilà dans quel état nous finissons.

Et il commença à fermer les yeux. Quand soudain, il se ravisa.

— Mais je dois me rendre au studio, dit-il en se redressant d'un coup. On m'attend et je dois tourner une scène importante et ...

— Bleurk ne t'en voudra pas si tu as pris

du temps pour te reposer, coupa Bof. Mais enfin, pense à ta carrière. Tu sais, les stars qui commencent à avoir des rides ne restent pas longtemps au sommet de leur gloire. Non, mon avis est que tu devrais faire une petite sieste. Tu iras au studio après.

— D'accord, dit Nico. Mais il ne faut pas que Berzard me voit, ni Renfrogna, ni personne d'ailleurs si je veux être tranquille.

— Nous connaissons un endroit très calme, dit Bof en faisant un clin d'œil à Virus. Un endroit où personne ne viendra te déranger. Suis-nous ! Nous allons te montrer.

Et ils s'engouffrèrent dans un long couloir sombre.

CHAPITRE 10

Ils marchèrent longtemps sans jamais rencontrer qui que ce soit.

— C'est encore loin ? se plaignait Nico. J'ai sommeil, moi.

— Nous y sommes, dit Virus.

Au fond du couloir, il y avait une porte en métal rouillée éclairée par une pauvre ampoule grésillante. Au-dessus, pendait une pancarte qui ne tenait plus que par un clou mais sur laquelle on pouvait encore lire :

MONDE DES KAUCHEMARS INTERDITS
DÉFENSE ABSOLUE D'OUVRIR LA PORTE

— Heu... Vous êtes sûrs que c'est ici ? s'inquiéta Nico.

— Absolument sûrs, répondit Virus. Tu n'as rien à craindre. Berzard a fait installer cette pancarte simplement pour effrayer ceux qui veulent entrer pour dormir. Tout le monde viendrait faire la sieste, sinon.

— C'est l'endroit le plus confortable de tout le Département des Kauchemars, ajouta Bof qui sentait Nico hésitant.

Virus attrapa la poignée de la porte et l'abaissa. La porte s'ouvrit avec un grand grincement. Les trois comparses passèrent la tête pour voir à l'intérieur. Un escalier descendait dans l'obscurité.

— Bon, et bien voilà, dit Virus qui sentait qu'il ne fallait pas trop traîner. Vas-y et bonne nuit.

Il poussa Nico à l'intérieur puis referma la porte.

— Attendez !!! cria Nico en tambourinant à la porte. Attendez !!! Il n'y a pas de lit !

— En bas de l'escalier, ricana Virus à travers la porte.

— C'est un bon lit ? demanda Nico.

— Le meilleur ! éclatèrent de rire en chœur Virus et Bof.

— Allez viens, dit Virus à Bof. Ne restons pas là.

Et Nico entendit leurs pas s'éloigner.

— Elles sont étranges, ces deux filles, se dit-t-il.

Il se retourna vers les escaliers et avala sa salive. Il est vrai que l'endroit n'avait rien de rassurant.

— Oh et puis zut, se dit-il. Je n'ai pas marché tout ce temps pour ne pas profiter du meilleur lit du Département.

Alors, il commença à descendre doucement les marches. Il avait bien du mal à voir où il posait les pieds et il suivait le mur avec ses mains pour se repérer. Au bout d'une vingtaine de marches, ses mains ne sentirent plus rien. L'escalier était terminé. Il semblait être arrivé dans une grande pièce.

— Le lit doit être par-là, pensa-t-il.

Il mit les mains devant lui et avança à tâtons. Il était désormais dans le noir complet mais, chose étonnante, tout son corps était éclairé comme si on avait pointé un projecteur sur lui. Mais il n'y avait pas de projecteur. Il brillait par lui-même comme une grosse luciole, comme une ampoule qui se promenait.

— Qu'est-ce que c'est que cette histoire ? râlait-il.

Tout à coup, l'escalier disparut derrière lui et un froid glacial entoura le petit garçon. Il ne voyait absolument plus rien. Il ne savait plus du tout où aller. Il frissonna. Il n'y avait pas un bruit. Il régnait un véritable silence de mort. Nico n'avait jamais eu peur au Département des Kauchemars mais là, il sentait que quelque chose clochait. Cet endroit n'était pas comme les autres. Le noir était beaucoup trop sombre, beaucoup trop épais. Comme s'il voulait cacher des choses qu'il valait mieux ne pas voir.

Nico fit un pas en avant et soudain, sortant de l'obscurité, un vieil homme s'élança vers lui en poussant un long gémissement. Un vieil homme maigre, tout tordu, ridé avec la bouche béante et les yeux révulsés qui essaya de l'attraper avec ses mains squelettiques. Nico poussa un hurlement et réussi à l'éviter de justesse. Il se mit à courir dans le noir, sans savoir où il allait. Derrière lui, il entendait les râles de l'homme qui le poursuivait. Nico hurlait.

Tout à coup, un clown gigantesque au sourire maléfique lui coupa la route. Nico fit un virage et le clown se lança à sa poursuite. Il riait en brandissant deux hachoirs. Nico courait, courait comme il n'avait jamais couru. Il avait l'impression que son cœur allait exploser. Autour de lui, des centaines de petits yeux cruels l'observaient dans le noir.

Une vieille femme à la robe blanche en lambeaux vola au-dessus de lui en poussant un hurlement à glacer le sang, des morts-vivants le suivaient en aboyant.

Nico n'avait pas l'habitude de courir et les créatures se rapprochaient de lui. Il pouvait sentir leur souffle glacé sur sa peau. Il était perdu.

Soudain, le sol se déroba sous ses pieds et il s'affala par terre. Alors, les créatures disparurent, laissant place à des ricanements et des murmures. Nico se redressa rapidement.

— Nom d'un chien, se dit-il. Qu'est-ce que c'est que cet endroit ?

Il tremblait de la tête aux pieds, complètement terrorisé par ce qu'il venait de vivre. Ses dents claquaient sans qu'il ne puisse les contrôler et son cœur battait à tout rompre. Il fallait qu'il se débarrasse de cette lumière qu'il dégageait. À cause d'elle, il allait se faire repérer.

Alors il se frotta, se frotta à s'en arracher la peau, mais rien à faire. La lumière était toujours là. Alors, il commença à paniquer.

— C'est un film, pensa-t-il. Je suis en plein tournage. Ça ne peut être que ça, se dit-il pour se rassurer.

Il lui fallut quelques instants pour se rendre compte que ses pieds trempaient dans un liquide froid. Il se pencha pour le toucher : c'était de l'eau. Mais de l'eau croupie qui sentait les égouts. Et cette eau montait. Il la sentait, elle lui arrivait, désormais, aux genoux. Alors, il courut pour monter sur quelque chose. Mais il n'y avait rien. Rien excepté le noir. Soudain, il se cogna contre un mur. Il passa ses mains, il le longea, il sauta mais il n'y avait aucune possibilité de s'accrocher à quoi que ce soit. L'eau lui arrivait aux hanches. Alors, il continua

de longer le mur en courant. Il y avait peut-être une sortie. L'eau lui arrivait au nombril.

— À l'aide ! hurla-t-il.

Mais personne ne l'entendait. L'eau lui arrivait jusqu'au cou et il se sentit soulevé. Il se débattait, en essayant désespérément de s'agripper à quelque chose. Mais à chaque fois ses mains se refermaient dans le vide. Il hurla de terreur. L'eau le propulsait vers le haut sans qu'il ne puisse rien faire.

Puis, tout se calma. L'eau ne bougea plus. Nico flottait. Il reprit son souffle et regarda autour de lui. On y voyait un peu plus clair, même s'il était toujours dans le noir. Cependant, il arrivait à voir où il était et l'endroit ressemblait au fond d'un puits.

Il décida de nager pour trouver une sortie quand, soudain, sa main sentit un objet, quelque chose de dur et de rond. Il le saisit et le rapprocha de son visage pour se rendre compte de ce dont il s'agissait. C'était un crâne ! Il le relâcha comme s'il avait été brûlant. Alors la terreur envahit tout son corps.

— Au secours ! appela-t-il pendant que les larmes lui montaient.

Mais à part son propre écho, personne ne lui répondit. Au-dessous de lui, au fond de l'eau, deux grands yeux jaunes apparurent et Nico put même deviner un sourire. Un sourire gigantesque, noir et profond. Un sourire cruel.

CHAPITRE 11

On utilise souvent l'expression « les murs ont des oreilles » pour expliquer que tout ce que l'on dit peut être entendu par n'importe qui. Dans le monde des humains, il ne s'agit que d'une expression. Mais au Département des Kauchemars, les murs avaient vraiment des oreilles. Or, dans leur enthousiasme, Virus et Bof n'avaient pas remarqué un mur à

oreilles curieux qui, dans un couloir, les avait entendus discuter de leur plan machiavélique. Ce mur, d'un naturel rapporteur, alla tout raconter à Nimonde Berzard qui prit l'affaire très au sérieux. Il attrapa la première personne qu'il avait sous le bras – en l'occurrence Renfrogna – et partit comme une fusée vers la porte du Monde des Kauchemars Interdits.

— Aïe aïe aïe, répétait-il. Aïe aïe aïe.

Renfrogna râlait comme un pou.

— Mais enfin Berzard, on va où comme ça ?

— Aïe aïe aïe, lui répondit-il.

En chemin, ils croisèrent Bleurk qui paraissait contrarié.

— Ah, Nimonde, fit-il lorsqu'il le vit arriver, tu as vu Nico ? Il est en retard et le tournage va commencer...

Il n'eut pas le temps de terminer sa phrase. Nimonde Berzard l'attrapa par le cou et, sans lui demander quoi que ce soit, l'entraîna avec lui dans sa course.

En quelques secondes, ils furent devant la porte du Monde des Kauchemars Interdits. Dès qu'ils virent la pancarte, Bleurk et Renfrogna eurent un mouvement de recul.

— Mais enfin Nimonde, ça ne va pas ? Qu'est-ce qu'on vient faire ici ? s'inquiéta Bleurk.

— Le p'tit est là-dedans, répondit Nimonde.

— Quoi ? Nico ? Mais comment a-t-il fait pour se retrouver ici ?

— C'est un piège de Virus. Il veut s'en débarrasser, expliqua Nimonde.

— Ah le pourri ! cracha Bleurk. Pauvre Nico, quelle mort atroce.

— On va le tirer de là, dit Nimonde d'un air grave.

— Hein ? Le tirer de là ? Mais tu es fou ! fit Bleurk. Tu sais ce qu'ils font à ceux qui pénètrent sur leur territoire. C'est trop dangereux !

Surtout pour toi, Nimonde. Tu te rappelles ? C'est toi qui les as enfermés là-dedans. Ils t'en veulent à mort.

— Je sais bien mais on ne peut pas le laisser tomber, dit Nimonde.

— Je suis d'accord, intervint Renfrogna. C'est un idiot mais il ne mérite pas ça.

Bleurk avala sa salive. Les deux autres le regardèrent.

— Ça va, ça va. Je viens, bougonna-t-il.

— Parfait, dit Nimonde qui se retourna et ouvrit la porte.

Les trois compagnons passèrent la tête en travers. Ils découvrirent le grand escalier qui descendait dans le noir. L'estomac noué, ils commencèrent à descendre les marches, le plus silencieusement possible.

CHAPITRE 12

La situation de Nico ne s'était pas améliorée. Il flottait toujours dans cette eau croupie et puante pendant qu'un gigantesque monstre, quelques mètres sous lui, le regardait en se léchant les babines. C'était une créature énorme dont la tête prenait tout le tunnel. L'eau était noire et, dans la profondeur, Nico ne pouvait voir que ses deux grands yeux jaunes brillants et deux rangées de dents pointues de la taille des voiles d'un bateau.

— Qui es-tu ? demanda le monstre en faisant frétiller l'eau de sa voix caverneuse.

— Je m'appelle Nico, répondit le petit garçon en tremblant.

— Nico, répéta le monstre. Pourquoi viens-tu me déranger dans mon domaine ?

— Je ... suis... désolé, bégaya Nico. Je me suis perdu... je cherchais un lit et je...

— Un lit ? coupa le monstre. Quel imbécile

chercherait un lit dans le Monde des Kauchemars Interdits ?

Nico se sentit stupide.

— Nico, reprit le monstre d'une voix menaçante, tu sais qui je suis ?

— Non, bredouilla le garçon.

— Je suis le Croque-mitaine, fit le monstre.

Évidemment, Nico n'avait jamais entendu parler du Croque-mitaine. D'abord parce qu'il ne s'était jamais intéressé à rien, et ensuite parce que personne n'avait osé lui en parler au Département des Kauchemars.

— Enchanté, répondit-il machinalement.

Le Croque-mitaine ricana.

— Pauvre Nico, dit-il d'un air cruel. Je n'ai pas mangé d'enfants depuis une éternité. Je vais te mâcher longtemps pour bien te savourer, bien te déguster. Ça ne va pas être agréable pour toi mais moi, je vais me régaler.

Il ouvrit une gueule énorme pour avaler sa malheureuse proie. Quand soudain, on entendit un grand PLOUF !!! à côté de Nico. Puis un autre et encore un autre. Le Croque-mitaine

s'arrêta, surpris.

Nimonde Berzard sortit la tête de l'eau, suivi par Renfrogna et Bleurk qui recrachèrent un long filet d'eau en grimaçant.

— Croque-mitaine ! cria Nimonde en le pointant du doigt, laisse ce garçon ! Il est avec moi !

Le Croque-mitaine ouvrit grand les yeux.

— Nimonde Berzard, dit-il alors qu'il n'en revenait pas. Je ne m'attendais pas à te revoir un jour. Qu'est-ce que tu viens faire ici ?

— Je te l'ai dit. Relâche ce garçon. Il ne t'a rien fait.

Les yeux du monstre se plissèrent méchamment.

— Tu n'es pas le chef ici, Nimonde, dit-il. Depuis que je suis enfermé, c'est moi qui commande dans le Monde des Kauchemars Interdits. Tu te souviens ? C'est toi qui m'as condamné.

— Tu étais un assassin, Croque-mitaine. Tu te rappelles combien d'enfants tu as mangés ?

— Peut-être. Mais à cause de toi je croupis dans ce trou depuis des siècles et toi, tu penses pouvoir arriver ici et me donner des ordres. Non. Aujourd'hui c'est moi qui décide. Je tiens ma vengeance et je ne vais pas la laisser filer.

Alors le Croque-mitaine ouvrit grand sa terrible gueule, avalant toute l'eau du tunnel et entraînant les quatre malheureux dans un gigantesque tourbillon.

— Au secours ! hurla Bleurk.

— Il va nous bouffer ! cria Nimonde.

Ils essayèrent de nager mais c'était peine perdue. La force du courant était trop forte et ils s'engouffrèrent dans la bouche du monstre.

— Maman ! pleurait Nico.

À ce moment-là, Renfrogna aperçut la glotte du monstre au fond de sa gorge.

— Accrochez-vous ! cria-t-elle.

Et elle s'agrippa à la grosse boule gluante qui pendait. Nimonde réussit à saisir sa jambe et attrapa heureusement Bleurk qui, sinon, aurait filé droit dans les entrailles du Croque-mitaine. Nico allait être plus difficile à sauver. Il fonçait droit devant en poussant un cri suraigu et en gesticulant des bras.

— Nico ! cria Nimonde, accroche-t… !

Mais trop tard. Nico s'écrasa violemment contre la glotte puis glissa, entraÎné par la force de l'eau avant de se cogner contre Renfrogna puis contre Nimonde qui arrêta sa course en l'attrapant du pied par le pantalon.

Le Croque-mitaine ferma enfin son immense gueule, empêchant l'eau de rentrer, ce qui permit aux quatre compagnons de souffler.

Nimonde examina la situation. Elle était critique : ils pendaient comme une brochette au-dessus d'un profond gouffre, accrochés à une glotte glissante tenue par les deux bras d'une petite fille. Au-dessous d'eux, un liquide verdâtre bouillonnait comme la lave d'un volcan.

— C'est de l'acide, expliqua Nimonde. Si on tombe là-dedans on sera digérés comme de pauvres poissons panés.

— Je glisse, je ne vais pas tenir longtemps, gémit Renfrogna.

— Bon, alors ne perdons pas de temps, dit Nimonde.

Il avait aperçu une cavité à quelques mètres au-dessus d'eux.

— On va se réfugier dans ses narines, dit-il.

— Mais comment veux-tu grimper là-haut, s'inquiéta Bleurk. On va glisser et finir dans un bain d'acide.

— J'ai mon idée, le rassura le squelette. Nico, tu es le seul à avoir tes deux bras de libres. À toi de jouer !

Et avec sa jambe, il projeta le petit garçon contre la glotte, juste au-dessus de Renfrogna. Évidemment, il ne se réceptionna pas et s'écrasa la figure contre la masse gluante.

— Oouuuiiiiiinnnn ! pleura-t-il.

— Mais c'est pas vrai ! rugit Renfrogna. Accroche-toi ou je jure que je te mords les fesses.

— Nico, dit Nimonde, tu vas fabriquer une échelle pour qu'on monte jusque-là haut. Tenez, faites passer.

Il posa Bleurk sur sa tête et se détacha une côte qu'il fit passer à Renfrogna. Nico récupéra l'os.

— Quoi ? je dois faire une échelle avec ça ?

— Arrête de parler et travaille, aboya Renfrogna.

Il fallait faire vite. En effet, le Croque-mitaine sentait quelque chose le gêner au fond de la gorge et cela lui donnait une horrible envie de vomir. Le niveau d'acide de son estomac commençait à monter et se rapprochait dangereusement.

Nimonde distribua toutes ses côtes. Nico réussit à les assembler pour former une échelle.

— Ça ne suffit pas, cria-t-il affolé. L'échelle est trop courte.

Nimonde grogna puis saisit sa jambe. Dans un grand crac il l'arracha et la fit passer à Nico.

— Beurk beurk beurk, c'est dégoûtant, se plaignait le petit garçon.

Mais l'échelle était toujours trop courte. Alors Nimonde donna son autre jambe, sa colonne vertébrale, son bras gauche et son bras droit. Il ne restait plus de lui que la tête que Renfrogna récupéra.

— C'est bon, dit Nico. L'échelle est prête.

Le niveau de l'acide avait encore augmenté et Renfrogna devait relever ses jambes pour ne pas être touchée.

— Il va tout vomir ! gémit Bleurk.

— Grimpez ! ordonna Nimonde.

Ils collèrent l'échelle entre la bouche et la glotte puis commencèrent à monter. Au-dessous d'eux, l'acide bouillonnait de plus en plus. Tous avalèrent leur salive. Nico n'osait pas avancer.

— Bouge-toi ! lui hurlèrent en chœur les trois autres.

Une vague d'acide vint frapper la paroi de la gorge du Croque-mitaine, juste à côté de l'échelle. Une goutte vint s'étaler sur le T-shirt de Nico, rongeant immédiatement le tissu. Il hurla et grimpa à l'échelle à vitesse grand V.

Ils arrivèrent finalement dans une des narines du monstre. Mais une énorme vague d'acide venait droit sur eux.

— L'échelle ! Remontez l'échelle ! hurla Nimonde.

Renfrogna empoigna l'échelle et la tira de toutes ses forces. À ce moment-là, plus rien ne toucha la glotte du Croque Mitaine. Il n'eut plus envie de vomir et la vague d'acide mourut tranquillement.

Cela n'empêcha pas le monstre de lâcher un terrible rot dont l'odeur fit pleurer les quatre compagnons.

Renfrogna s'essuya le front.

— On l'a échappé belle, dit-elle.

— Je ne suis pas sûr qu'on soit mieux ici, fit remarquer Bleurk.

L'endroit n'avait rien de plaisant. Les parois étaient encore gluantes, et ici et là pendaient de grosses gouttes vertes et collantes.

— De la morve ! cria Nico.

— Et bien oui, de la morve, dit Renfrogna. Tu comptais trouver des diamants ?

— Quelle horreur, quelle horreur, répéta le garçon.

— Dites, au lieu de discuter, vous pourriez peut-être me remettre sur pieds, râla Nimonde.

Ils s'affairèrent alors à remettre les os du squelette dans le bon ordre.

Au bout d'une heure, Nimonde retrouva son corps et, malgré sa jambe droite à l'envers, son bras gauche à la place du bras droit et sa tête beaucoup trop basse, il arrivait tant bien que mal à marcher.

— Ça ira comme ça,

déclara-t-il. On ne va pas y passer la journée. On doit sortir d'ici. Qui a une idée ?

Les trois autres le regardèrent, silencieux.

— Ça va, j'ai compris, fit le squelette dépité. Allez, grimpez tous sur le dos de Bleurk et grattez la narine du Croque-mitaine. On va le faire éternuer.

Tous s'exécutèrent.

Au bout d'un instant, le Croque-mitaine commença à sentir des chatouillements à l'intérieur de son nez. Il grimaça, bougea ses narines pour que la gêne passe mais rien à faire. Il ne pouvait pas se gratter, il n'avait pas de bras. Mais les chatouillements continuaient et devenaient de plus en plus insupportables. Alors, aux grands maux les grands remèdes : il prit une profonde inspiration et, dans une grande explosion, se moucha de toutes ses forces, rejetant l'eau qui était devant lui et expulsant de ses narines les quatre malheureux compagnons qui vinrent s'écraser contre le plafond dans une mare verte. Soulagé, le monstre s'endormit.

— Chut, fit Nimonde en posant le doigt sur sa bouche. Pas un bruit. Il ne faut pas le réveiller.

La sortie était juste à côté d'eux. Il n'y avait qu'à ramper.

Nimonde passa le premier, suivi de Bleurk et de Renfrogna. La morvelle les maintenait collés au plafond.

Nico manquait de vomir à chaque fois que sa main s'enfonçait dans cette gelée dégoûtante. Il n'était plus qu'à un mètre de la sortie quand un horrible poil noir surgit devant ses yeux. Ça ne manqua pas. Il poussa un hurlement comme s'il avait vu le diable en personne. Le Croque-mitaine ouvrit les yeux et découvrit son repas en train de s'échapper. Il poussa un terrible rugissement et fonça sur ses proies.

Nico vit le monstre arriver sur lui à une vitesse supersonique. Il essaya d'avancer mais il pataugeait et n'arrivait pas à bouger d'un millimètre.

— Nico, dépêche ! lui cria Nimonde.

Mais le pauvre garçon était complètement coincé.

— Plus vite ! Plus vite !

Le Croque-mitaine arrivait.

— Il faut fermer la porte où on va tous y passer, dit Bleurk.

Le Croque-mitaine ouvrit grand sa gueule.

— Au secours ! hurla Nico.

— Non, répondit Nimonde. On va le tirer de là.

Il arracha son bras gauche et le mit au bout de son bras droit. Grâce à ce super bras, il attrapa Nico, le tira de toutes ses forces, l'arracha de la morvelle, le fit passer par la sortie et ferma la porte juste avant que le Croque-mitaine ne se fracasse contre le mur, faisant trembler pour la première fois le Monde des Kauchemars Interdits.

CHAPITRE 13

Au studio 66, tout le monde s'inquiétait.

— Vous n'avez pas vu Nico ? entendait-on partout. Nous allons commencer à filmer. Et le metteur en scène ? Vous l'avez trouvé ? Quelqu'un a vu Nimonde Berzard ?

Virus exultait. Il était assis dans son fauteuil de star et attendait patiemment qu'on l'appelle pour remplacer Nico.

— Je vous avais dit qu'on ne pouvait pas lui faire confiance, s'amusait-il à dire. Il a dû s'enfuir. Il n'a aucun sens des responsabilités. Heureusement que je suis là, moi, pour …

Il n'eut pas le temps de terminer sa phrase. Un énorme œil jaune vint s'écraser sur lui, le projetant quelques mètres plus loin. Avant qu'il ne comprenne ce qui lui arrive, Nico était déjà sur lui.

— Tiens, tiens, dit-il en le tenant par le col. Virus, je crois qu'on a un compte à régler.

— Ni... Nico ? bégaya l'autre qui n'en revenait pas. Quelle surprise ! On se faisait du souci. Tu... tu as bien dormi ?

Nico voulut le gifler mais Nimonde l'arrêta.

— Du calme, lui dit-il. Lâche-le. On va régler ça comme il se doit. Tout le monde dans mon bureau et apportez l'œil avec vous.

Ils se retrouvèrent devant le large bureau de Nimonde Berzard. L'œil regardait la scène. Le directeur s'adressa à Virus.

— Tu reconnais cet œil ? lui demanda-t-il.

— Non, pas du tout, rétorqua Virus d'un air détaché.

— C'est l'œil du Croque-mitaine ! s'emporta Nico. Tu en as déjà entendu parler, hein ? Nous, on l'a transformé en confettis alors imagine un peu ce qu'on pourrait te faire à toi. On pourrait te réduire en bouillie, te découper en rondelles, te transformer en pâte à tartiner, te...

— C'est bon, c'est bon, coupa Nimonde.

— Tu ne nous fais pas peur, Virus ! continuait Nico tandis que Renfrogna essayait de le retenir.

— C'est pas moi, se défendit Virus. C'est Bof qui a eu l'idée. J'y suis pour rien, moi.

Bof regarda Nimonde, l'air béat.

— Tu mens, répliqua le squelette. On a un témoin. Faites entrer le mur qui a des oreilles.

Le mur qui avait des oreilles entra dans le bureau en faisant trembler la pièce et expliqua tout ce qu'il avait entendu (à l'aide de signes, parce que les murs qui ont des oreilles n'ont pas de bouche).

Virus s'effondra.

— J'avoue. C'est moi qui ai tout manigancé. Je voulais reprendre ma place de star et me débarrasser de lui.

— Assassin ! hurla Nico avant que Renfrogna ne le fasse taire en l'enfermant dans une armoire.

— Je suis désolé, ajouta Virus.

Le directeur du Département des Kauchemars réfléchit.

— Bien. Voici le verdict. Virus, tu es déclaré coupable d'avoir tenté d'assassiner Nico et de l'avoir fait pénétrer dans le Monde des Kauchemars Interdits. La sanction est la suivante : tu ne pourras plus faire partie du Département des Kauchemars. Nico prendra ta place. Bof, en tant que complice, tu es exclu toi aussi.

— Mais vous ne pouvez pas faire ça ! s'affola Virus. Je ne sais rien faire d'autre à part l'acteur. Qu'est-ce que je vais devenir ?

— J'y ai pensé, dit Berzard en souriant. Je ne suis pas un monstre.

À ce moment-là, les portes du bureau s'ouvrirent et une vache entra, en dansant sur une petite musique douce. Elle portait des anneaux multicolores autour du cou et un grand anneau vert au-dessus de la tête. Tout son corps était en peluche, même ses cornes. Elle chantonnait en se déplaçant dans toute la pièce.

— Je te présente Gloussita Marmeuleu, directrice du Département des Délicieux et Merveilleux Rêves pour Tout Petits Bébés.

— Quelle joie de vous rencontrer, dit-elle à Virus d'une voix douce.

— Qu'est-ce que cette grosse vache va faire pour moi ? demanda-t-il d'un ton antipathique.

— Eh bien, tu vas travailler pour moi au Département des Délicieux et Merveilleux Rêves pour Tout Petits Bébés lui expliqua la directrice.

Les yeux de Virus s'écarquillèrent, sa mâchoire tomba et il devint blanc comme un linge. Il se tourna vers Nimonde Berzard.

— Eh oui, lui dit le squelette. Ah, comme tu vas être bien là-bas.

— Mais ce n'est pas possible, cria Virus. Je déteste les vaches, les poneys, les oiseaux, les...

— Les couleurs, les girafes en plastique, les peluches, les doudous roses et tant d'autres choses, gloussa la vache. Nous allons nous amuser comme des petits fous.

— Je vous en supplie, dit Virus en se jetant aux genoux de Nimonde. Ne m'envoyez pas là-bas.

— Tu seras un très bon acteur pour les Tout Petits Bébés, lui répliqua le squelette.

Deux ours en peluche entrèrent dans le bureau, attrapèrent Virus par les bras et, en souriant et chantant, le conduisirent vers la sortie.

— Au secours ! cria-t-il.

Tous le regardèrent passer suivi de Bof, transporté par un gros Tchoupi qui lui faisait un câlin. Les portes du bureau se refermèrent.

Renfrogna laissa sortir Nico qui s'agitait dans l'armoire.

— Où il est ? Où il est ? répétait-il en position de boxeur.

— Il est parti, calme-toi, lui répondit-elle.

— Gardez votre énergie, dit Nimonde. Je vous rappelle que vous avez un Kauchemar à tourner. Et vous n'êtes pas en avance.

Alors ils filèrent en courant vers le studio 66. Bleurk mit tout en place pour le tournage et Nico joua formidablement bien le garçon poursuivi par un zombi géant.

CHAPITRE 14

M. et Mme Roupillon admiraient, de leur lit, le mur flambant neuf qu'ils avaient fait reconstruire.

— Finis les ennuis, déclara M. Roupillon à son épouse. On va enfin pouvoir dormir en paix.

À cet instant, un grand BOUM retentit et le mur s'effondra devant eux, laissant apparaître le lit de Nico porté par quatre corbeaux à bout de souffle.

— Papa, Maman ! C'est moi ! s'exclama joyeusement le petit garçon en sautant dans leur chambre.

M. et Mme Roupillon regardèrent leur mur, la mine déconfite.

— Nico, dit sa mère. Je suis contente de te voir, mais tu ne pouvais pas passer par la porte ?

— J'aurais pu mais j'étais pressé de vous présenter un ami.

Nimonde entra dans la chambre.

— Enchanté de vous connaître, dit-il en leur tendant la main.

Les parents poussèrent un hurlement de terreur et se cachèrent sous la couette.

— Nous nous connaissons. Vous vous souvenez de moi? Je suis le Directeur du Département des Kauchemars. Je vous avais envoyé un message.

— Nous nous souvenons très bien de vous, répondit le père de Nico en tremblant sous sa couette. Vous êtes venu nous dire que vous n'avez pas réussi à faire

aimer les cauchemars à Nico et que vous allez nous faire dormir debout pendant un an ?

— Mais pas du tout, assura le squelette. Votre fils est un garçon formidable. Il est très doué. Au Département des Kauchemars, c'est une vraie star. J'ai une proposition à vous faire. J'aimerais embaucher Nico à plein temps. Pour cela, j'ai besoin de votre autorisation.

Les parents sortirent doucement la tête de la couette.

— Vous voulez dire qu'il resterait tout le temps avec vous ? demanda Mme Roupillon.

— Exactement. Ce sera la plus grande star que le Département ait jamais connu.

Les parents regardèrent le squelette sans rien dire.

— Et nous pourrions garder notre lit ? demanda finalement M. Roupillon.

— Évidemment. Je ne vais pas punir les parents d'une vedette qui travaille pour moi.

— Qui travaille pour vous ? s'inquiéta Mme Roupillon. Mais alors, il n'aura plus le temps de dormir.

— Je n'ai plus envie de dormir, intervint Nico. J'ai découvert plein de choses au Département des Kauchemars. Il y a plein de trucs à faire quand on est réveillé. En fait, je n'aime plus dormir. Et je dors très peu maintenant.

Ses parents le regardèrent comme s'il avait parlé chinois.

— Mon fils, s'inquiéta Mme Roupillon en le prenant dans ses bras. Que t'est-il arrivé ? Toi qui dormais 15 h par jour maintenant tu ne veux plus dormir ? Mais qu'est-ce qu'ils t'ont fait ?

— Ils ne m'ont rien fait maman, mais je perdais mon temps à dormir. Maintenant je vis des choses complètement folles et je suis bien plus heureux comme ça.

Mme Roupillon regarda son mari qui haussa les épaules.

— Eh bien, si c'est ton choix on ne va pas t'empêcher de vivre ta vie. Monsieur Berzard, c'est d'accord. Vous pouvez garder Nico mais à condition qu'il vienne nous voir de temps en temps.

— Il viendra vous voir quand il le voudra, assura le squelette en sautant au plafond.

Nico et lui entamèrent une petite danse de satisfaction. Puis le petit garçon embrassa ses parents. Il était pressé, on l'attendait pour tourner un nouveau Kauchemar qui allait faire hérisser les poils des plus courageux des garçons. Nimonde leur serra la main et ils montèrent tous les deux sur le lit qui s'envola vers les nuages.

M. et Mme Roupillon restèrent silencieux un moment.

— Bon, Marguerite, éteins la lumière. Tout est bien qui finit bien et nous pouvons dormir tranquilles. Notre fils est entre de bonnes mains.

— J'espère qu'il ne va pas se tuer à la tâche. Il n'a pas l'habitude de trop bouger.

— Pas l'habitude ? Je ne l'ai jamais vu aussi agité. Crois-moi Marguerite, notre fils est heureux là où il est, et en tant que parents c'est ce qui doit nous importer le plus. Endors-toi. Tu n'as plus à t'en faire.

— Et le mur ? Il va falloir le réparer, dit Mme Roupillon.

— Ben, pour quoi faire ? lui répondit son mari. Il a dit qu'il passera nous voir. Autant le laisser comme il est. On ne va pas le reconstruire à chaque fois qu'il vient à la maison.

— Tu as raison. Au moins, la maison lui sera toujours ouverte.

Ils se sourirent puis Mme Roupillon éteignit la lumière, et les deux parents se recouchèrent. Mais pour la deuxième fois de leur vie, ils ne réussirent pas à s'endormir. Ils bougèrent, changèrent de position mais le sommeil ne vint pas. Ils se regardèrent.

— Tu sais ce qu'on devrait faire ? dit Mme Roupillon. On devrait regarder un bon film d'horreur pour faire un bien affreux cauchemar. Comme ça, on verrait notre fils. Toi, tu vivrais son cauchemar et moi, je le verrais dans mon cauchemar de fille. Qu'est-ce que tu en penses ?

— Excellente idée ! On n'a qu'à regarder celui dans la maison hantée. Ça va nous faire trembler pendant des jours.

— Ou celui avec les vampires qui envahissent la Terre. Avec celui-là, on est sûr de faire des cauchemars pendant une semaine.

— Allume l'ordinateur Marguerite. Je vais chercher du pop-corn.

Et pour la première fois de leur vie, M. et Mme Roupillon quittèrent leur lit en courant.

Fin

Générique

66

Nico

Durant les années qui suivirent, Nico gagna plusieurs récompenses en tant qu'acteur et devint la plus grande star que le Département des Kauchemars ait jamais connue. Il tourna dans plus de 1000 Kauchemars. Si vous êtes un garçon et que vous vous réveillez en sueur la nuit, c'est toujours grâce à lui.

Renfrogna

Renfrogna tourne toujours des Kauchemars mais avec le temps elle a préféré tourner des Kauchemars pour femmes adultes.

Bleurk

Bleurk a arrêté sa carrière de metteur en scène pour cultiver des salades, son légume préféré.

Nimonde Berzard

Nimonde Berzard dirige toujours le Département des Kauchemars. À la fin de l'année, il sera directeur depuis 817 ans.

Et...

... si vous voyez un bébé sourire pendant son sommeil, c'est que Virus est entouré de Bisounours qui lui font de gros bisous baveux.

Imprimé à Barcelone par:

BLACK PRINT

Imprimé en août 2017